Kontakt

Wenn ihr Fragen habt, könnt ihr mich gern über meinen Blog kontaktieren.
Shades of Green - Kendra Li
www.shadesofgreen.de

Impressum

© 2016 JadeLi Media GbR · Halaschka/Li
         Fritschestr. 35
         D-10627 Berlin

ISBN 978-3-00-051934-5

Alle Rechte der Verbreitung, auch durch Film, Funk, Fernsehen, fotomechanische Wiedergabe, Tonträger aller Art, auszugsweise Nachdruck oder Einspeicherung und Rückgewinnung in Datenverarbeitungsanlagen aller Art, sind vorbehalten.

Die Inhalte dieses Buches sind von der Autorin sorgfältig erwogen und geprüft, dennoch kann eine Garantie nicht übernommen werden. Eine Haftung der Autorin für Personen-, Sach- und Vermögensschäden ist ausgeschlossen.

Rezepte und Texte:	Kendra Sofie Rebecca Li, Berlin
Fotografie / Produkt-Setting:	Kendra Sofie Rebecca Li, Berlin
Portrait-Fotografie	Marion Li, Berlin
Redaktion:	Baseline Media GmbH, Flensburg
Lektorat:	H. Halaschka, M. Sadlowski, Berlin
Layout, Satz, Gestaltung, Druck:	Baseline Media GmbH, Flensburg

Inhalt

Shades of Green

Gesund leben und essen	6
...sich dem Leben öffnen	11
Weshalb Essen in dieses Buch integrieren?	13
Momente voller Dankbarkeit	14
Aller Anfang...	14
Richtig essen!	15
Meine liebsten Superfoods	16
Natur und Tiere	18
Die Spezies MENSCH	19
Die verbotene Frucht	20
Richtig? Falsch?	21
Die Kunst des Abblockens!	22
Vorsicht vor Trunkenheit	23
Rezepte	**24**
Equipment	24
Hauptgerichte	26
Snacks	36
Süßes	50
Salate	60
Suppen	66
Rezepte nach Themen	76
Über die Autorin	87

Gesund leben und essen

Hallo und Herzlich Willkommen!
Mein Name ist Kendra Li. Ich erinnere mich noch ganz genau an den Tag als meine Einstellung zum Essen in völlig neue Bahnen gelenkt wurde. Es begann mit der Entdeckung des Grünen Smoothies (eng. „Green Smoothie"). Es war reiner Zufall. Oder auch nicht... wenn man an Schicksal glaubt. ;-)
Irgendwann beim Surfen im Internet tauchte seitlich im Fenster ein kleiner Balken auf. Ich schnalzte missbilligend mit der Zunge:

„Immer diese Kack-Werbung! Aber halt! Was steht da? Green Smoothie. Was soll das denn sein?

Mein Interesse war geweckt und als ich erstmal anfing zu recherchieren, konnte ich gar nicht mehr aufhören. Ich inhalierte geradezu die ganzen Informationen rund um die Gesundheit, den Körper, den Geist und die Seele. Dass Essen Medizin ist, war mir bereits bekannt. Doch so ganz genau hatte ich mich nie damit beschäftigt. Ich war einfach noch nicht bereit für solch eine großartige *Offenbarung*. Stattdessen übte ich mich darin, wie man am besten leidet. Das konnte ich sehr gut. Ich war geradezu ein Naturtalent, was das anging. Hier ein Wehwehchen, da ein Wehwehchen und immer schön in mich hinein horchend, ob da noch etwas Neues hinzu kommt. Ich konnte mich selbst nicht mehr ganz ernst nehmen und andere sowieso nicht.
So salopp wie ich das jetzt darstelle war es natürlich nicht. Nicht ganz!

Ich bin kaum auf die Welt gekommen, schon deklarierte man mich als krankes, leidendes Kind mit schweren Koliken und dramatischen Asthmaanfällen. Daher übrigens der Hang zur Drama-Queen. Hinzu kamen noch Allergien, horrende Migräneanfälle (im Alter von gerade mal vier Jahren), Hautprobleme, Depressionen usw. Später war ich eine Jugendliche mit großen, traurigen Augen und schwachem Lebenswillen. Ständig hatte ich irgendetwas. Was macht man eigentlich mit solchen Gebrechen, die vom Arzt nicht anerkannt werden? Meine Blutwerte waren *okay*. Keine gefährlichen Krankheiten konnten gefunden werden. Aber ich fühlte mich schrecklich, fürchterlich, wie mit einem Bein schon im Grab. Die Schulzeit war teilweise der Horror, denn keiner nahm mich so richtig für voll. Ich fehlte oft, denn es ging mir nicht gut. Entweder lag ich mit einer schweren Migräne im Bett oder litt unter schlimmen Krämpfen.

Meine Lehrer und Mitschüler nannten das Schule schwänzen. Da konnte ich mich rechtfertigen wie ich wollte, man kaufte mir die Wahrheit einfach nicht ab. Da war die Lüge schon viel logischer und auch um einiges einleuchtender - tja, Pech gehabt!

Gut. Lange Rede kurzer Sinn, heute bin ich glücklicher, vitaler und auch lebensfroher! Wie und Warum? Weil ich eines verstanden habe: Ich bin mein eigener Heiler. Natürlich kann ich Unterstützung in Form eines Heilpraktikers oder eines wirklich guten Arztes hinzuziehen, doch letztendlich bleibt die Arbeit an einem selbst kleben. Man muss dazu bereit sein, sein Leben umzukrempeln. Aber man sollte sich dabei auch wohl fühlen. Es muss sich richtig anfühlen!

Die Bühne des Lebens

In erster Linie bin ich Schauspielerin geworden, weil ich darüber wieder zu mir selbst finden durfte. Plötzlich habe ich erkannt wie unglaublich vielfältig und bunt ich doch eigentlich bin. Und wie sehr ich mich habe unterdrücken lassen von den Dingen von außen. Zugegeben, ich bin manchmal etwas... öhm... exzentrisch und eigenartig, das hat man mir mehrmals bestätigt, und ja, ich merke es auch selbst. Aber hey, das bin ich. Genauso kann ich auch sehr ernst und fokussiert sein, was man anfangs so gar nicht von mir denken mag, da ich in meiner Freizeit eher wie ein Wirbelwind aufgeregt und hibbelig daher komme.

Unsere Persönlichkeiten sind nicht eindimensional wie uns das so oft eingebläut wird. Wir bestehen nicht aus einer einzigen Rolle und das war`s dann auch schon. Nein, das befinde ich schlicht und ergreifend als falsch. Die meisten von uns entscheiden sich jedoch nur für eine einzige und lebenslange Rolle, obwohl da noch so viel mehr wäre, was wir in uns tragen, das jedoch nie zum Tragen kommt. Das liegt nicht hauptsächlich, aber schon zum großen Teil an unserer heutigen Gesellschaft. Denn die erwartet von uns Kontinuität. - Weshalb ist das so? Nun, der Mensch will Sicherheiten. Und die bekommt er, so denkt man, von jemandem oder etwas, der oder das stetig und routiniert arbeitet als auch funktioniert. Die Dinge sollten möglichst einschätzbar und absehbar sein, nur so gelangen wir zu einem befriedigenden Gefühl der Kontrolle.

Nur, dass diese vermeintliche Sicherheit gar keine ist, denn sicher ist schon mal gar nichts im Leben. Der Beweis ist längst vorhanden. Wie oft stehen wir da wie der Ochse vorm Berg und fragen uns: „Wie konnte das denn jetzt passieren? Ich habe doch alles getan, um genau das zu verhindern."

Tja, so schnell kann's gehen, oder nicht? Was ich damit sagen möchte ist, dass die Sicherheiten, die wir uns so mühsam aufgebaut haben, nicht immer das sind, was das Leben für uns vorgesehen hat. Und wenn wir das nicht früh genug erkennen, dann fliegt uns früher oder später die ganze „Scheinwelt" um die Ohren. Das ist eine sehr unangenehme Erfahrung, aber eine wichtige, denn nur so gibt uns das Leben eine zweite Chance unsere Ansichten neu zu überdenken.

Was wir in der Regel von Anfang an „in die Wiege gelegt bekommen" sind die Ansichten und Einstellungen der Erwachsenen. Wir werden wie kleine Roboter behandelt, die bitte möglichst gut zu funktionieren haben und Mama und Papa eines Tages stolz machen sollen. Die Welt erscheint uns zu Beginn einfach riesengroß, unerforscht und es stehen uns scheinbar unendlich viele Möglichkeiten offen. Noch nichts ist entschieden. Wie im Schlaraffenland hängen Millionen von Entscheidungen am Baum und warten nur darauf von uns gepflückt zu werden. Sie schillern in allen Regenbogenfarben und zaubern ein entzücktes Lächeln auf unsere unschuldigen Gesichter. Wir strecken unsere kleinen Hände aus, um die Frucht für die wir uns entschieden haben zu pflücken - Klaps!!! Jemand haut uns schmerzhaft auf die Finger. „Pfui! Das ist die falsche Frucht. Eine verbotene Frucht! Und wieder Pfui! Die auch! Die darfst du auch nicht pflücken. Und die schon gar nicht..."

Die Welt schrumpft auf einmal zu einem kläglichen Rest. Die verlockendsten Früchte erscheinen auf einmal unerreichbar und wir lernen ganz schnell, uns anzupassen. Denn der Klaps tut weh und kommt einem Liebesentzug gleich. Lieber das tun, was man uns sagt und alles ist gut. Man zwinkert uns liebevoll zu und wir werden als „brav" eingestuft. Das ist doch viel angenehmer. Wir quetschen uns in einen viel zu kleinen Anzug, alles zwickt und zwackt. Doch nicht schlimm! So grobmotorisch wie sich das auch anfühlen mag, man ist stolz auf uns. Nach und nach gewöhnt man sich an die seltsame Haltung, an den unbequemen Anzug und es ist alles nur noch halb so schlimm. Schließlich liebt und verehrt man uns ja gerade wegen des Anzuges. Der steht uns ja auch außerordentlich gut. Der unterbewusste Teil in uns, der die Wahrheit kennt, den lernen wir zu unterdrücken. Wir werden immer geübter darin uns aus seinen Fängen zu winden und nur noch mit dem bewussten Teil zu arbeiten. Intuition? Pah...was soll das denn sein??? Ich bin überzeugt davon, dass dieser unterdrückte Teil sich dann schlussendlich bemerkbar macht, indem wir ernsthaft krank werden. Natürlich nicht sofort. Anfangs sind es vielleicht „nur" Rückenschmerzen oder Kopfweh. Dann kommen Allergien wie Heuschnupfen oder Niesanfälle hinzu. Danach Nahrungsmittelunverträglichkeiten und und und...

Autoimmunerkrankung! Ein Thema mit dem ich mich schon oft befasst habe. Unglaublich, aber wahr! Der Körper beginnt sich selbst zu bekämpfen. Das muss man sich mal vorstellen! Wie geht das denn??? Das ist doch gegen die Natur. Gegen sich selbst! Und genau darin liegt der Knackpunkt. Gegen sich selbst! Genauso verhält es sich doch. Wir tun Dinge nicht mehr für uns, sondern nur noch für andere. Und meist gegen uns selbst! Die allumfassende Frage bleibt offen: „Fühle ich mich denn überhaupt wohl mit dieser Art zu leben? Geht es mir dabei gut?" Nein! Was zählt ist das Ergebnis und das muss so aussehen: Alle anderen finden das gut, was ich tue, ich werde bewundert und geachtet und vor allem bin ich wer im Städtchen! Das Ego wird gestreichelt und das scheint alles wieder gut zu machen worunter wir in der Vergangenheit gelitten haben. Doch leider ist dies nur von kurzer Dauer. Das Unterbewusstsein revoltiert in un-

angenehmen Schüben und um den nächsten Schub aufs Neue zu unterdrücken muss schnell eine weitere egostreichelnde Erfahrung her - ein Teufelskreis!
Was also tun? Nun entweder so weiter machen wie bisher oder...

...sich dem Leben öffnen

Wir können heulen, schreien und uns beschweren. Ich halte dies jedoch für höchst unproduktiv. Außerdem ist es verschwendete Energie, die wir dringendst für Produktiveres gebrauchen könnten. Das klingt vielleicht etwas streng, aber ich gehe mit mir selbst nicht anders um. Ich bin kein kleines Kind mehr, das hilflos ist und ständig injiziert bekommt, was es zu denken und zu fühlen hat. Ich kann mich dazu entscheiden weniger auf andere zu hören und mich mehr auf mich selbst zu verlassen. Die gute Nachricht: Ich bin viel weiser als ich mir selbst zutraue. Ich bin insofern weise, weil meine Seele durch meinen Körper spricht. Wenn es dem Körper nicht gut geht, dann weiß ich, dass es meiner Seele auch nicht gut geht. Denn sonst würde ich keine körperlichen Signale erhalten. Natürlich ist es schwer aus alten Mustern auszubrechen! Da haben wir uns nun über Jahre oder gar Jahrzehnte so sehr bemüht es den Anderen recht zu machen, um uns geliebt zu fühlen...und da sollen wir auf einmal alles stehen und liegen lassen und - ja was eigentlich? - etwas tun, was „Die" im schlimmsten Fall für nicht gut befinden???
Wir sind vielleicht im Begriff alles zu verlieren, was uns einst so wichtig war. Wir gefährden das, was uns ausgemacht hat. Wollen wir das wirklich alles verlieren? Es ist unsere Entscheidung! Lieber Schein als Sein..? Vielleicht - Wir haben inzwischen gelernt mit viel weniger auszukommen als uns in Wahrheit zusteht. Und das lief doch bisher ganz gut oder? Ich kann nur sagen, wenn ihr nur ein einziges Mal ausbrecht, dann könnt ihr nicht mehr zurück, ganz egal wie sehr ihr euren „menschlichen Verstand" auch einschaltet. Denn ihr habt „Freiheit" geschnuppert. Stellt euch mal vor ihr wärt bisher mit nur 40% Sauerstoff, Sonne und Liebe ausgekommen. Und dann kommt ihr auf einmal in den Genuss von 100% - wie berauschend!
Wer will da schon wieder zurück in den goldenen Käfig, der zwar viele Bequemlichkeiten bietet, der uns jedoch innerlich zu Eis erstarren lässt? Wie der Vogel auf der Stange

haben wir bisher ausgeharrt, stets darauf bedacht keine falsche Bewegung zu machen aus Angst man könne dies nicht gut heißen. Dadurch haben wir auch aufgehört unserer ganz eigenen Melodie zu lauschen. Denn diese leitet uns und weist uns den Weg wie die Laterne in der Dunkelheit. Doch was tun, wenn sie verloren geht? Wenn die Melodie nicht mehr spielt? Vom berühmten Vogel im goldenen Käfig, der aufgehört hat zu singen, haben wir wahrscheinlich alle schon einmal gehört. Er reflektiert uns, mehr als nur ein Mal. Von Trauer gelähmt hat er seine Stimme verloren. Die Melodie, die er mit Leichtigkeit zu singen pflegte, ist ihm abhanden gekommen, denn er darf nicht mehr sein. Worüber soll er denn singen, wenn nicht über die Berge, den Himmel, das unendlich weite und azurblaue Meer? Was ist, wenn man ihm all das entzieht? Er vergisst. Er vergisst wer er einmal war und er weiß nicht mehr, wie die Berge aussehen. Seine Flügel sind so steif geworden, dass er nur noch davon träumen kann den Himmel zu erkunden. Der würzige Duft des Meeres bleibt eine unerfüllte Sehnsucht, die ihn langsam, aber stetig verbittern lässt. Im Gegensatz zum Vogel, der in Gefangenschaft gehalten wird, können sich die meisten von uns frei entscheiden, ob wir nicht doch das Wagnis eingehen wollen, uns zu verändern. Wie gesagt: „It`s up to you!" - Okay! Ich werde euch mal etwas verraten: Ich selbst habe meine 100% noch lange nicht erreicht. Ich suche immer noch, werde öfter als mir lieb ist rückfällig und fluche sogar mehr als nur einmal über diesen *ganzen Mist*, den ich immer noch nicht *drauf habe*. Na und? Wir fallen hin, stehen wieder auf und versuchen es wieder und wieder. Solange wir an unseren Träumen und Wünschen festhalten und niemals den Glauben an uns selbst verlieren, kann es nur aufwärts gehen.

Wagt es!
Pflückt die verbotene Frucht!

Weshalb Essen in dieses Buch integrieren?

Nun ja, im Grunde genommen ist es ganz einfach. Die Natur bietet Köstliches in Form von Früchten, Gemüse und Co. Über das Essen nehmen wir nicht nur Vitamine, Mineralien und wichtige Enzyme auf, sondern auch verschiedene Schwingungen, die uns in Einklang mit der Natur bringen. Durch gesundes und natürliches Essen entwickeln wir ein natürliches Verständnis dafür, was uns gut tut, welcher Rhythmus wichtig für uns ist und wie wir auch in Einklang mit uns selbst kommen können. Wir müssten halb so viel grübeln, studieren und tüfteln, wenn wir mehr mit der Natur und nicht gegen sie arbeiten würden. Denn die Natur hält alle Antworten für uns bereit. Um diesen Zugang wieder zu erlangen müssten wir aufhören ständig all dieses Fastfood in uns hineinzuschaufeln und stattdessen mehr Wert legen auf frisches Gemüse und Obst. Wie? - Das habt ihr schon hundert mal gelesen und gehört? Nun, anscheinend war das noch immer nicht genug, denn weshalb sitzt ihr dann weiterhin vor eurem Burger mit den totgekochten Inhaltsstoffen? Weshalb seid ihr immer noch todunglücklich und depressiv? Warum fühlt ihr euch mehr tot als lebendig?

Weil ihr ständig mit dem Tod kommuniziert anstatt euch mit dem Leben zu beschäftigen. Ein frischer, süßer und vor allem *lebendiger* Apfel direkt vom Baum wird nicht sprechen können, aber er wird euch *fühlen* lassen können. Der Atem der Natur wird eure Lungen füllen und eure Wangen werden wieder zu leuchten anfangen. Der Unterschied macht sich entweder sofort oder spätestens in einigen Tagen bemerkbar.

Lebt! Wacht auf! Und Liebt! Findet heraus, was euch glücklich macht und dann fangt an zu leben!

Momente voller Dankbarkeit

Neben dem Schauspiel singe und schreibe ich. Die Kunst verleiht mir Flügel und Glücksgefühle. So wie das Kochen. Das Kochen versetzt mich in eine Ruhe, die einzigartig ist. Gesundes und gutes Essen zuzubereiten beruhigt mich und ich gelange dadurch in einen meditativen Zustand. Ich fühle mich auf einmal eins mit der Natur. Wenn Salat unter meinen Händen beim Schneiden knackt oder ich in eine rohe Karotte beiße oder wenn mir der Duft süßer, aromatischer Beeren in die Nase steigt... ich empfinde diese einzigartigen Momente als eine Art Magie und bin dann wie verzaubert, glücklich und lächle ganz automatisch. Mit heilsamen, wundersamen, magischen und kraftvollen Lebensmitteln beginnen wir wieder ganz anders zu atmen.

Essen, um zu leben. Nicht: Leben, um zu essen. Nennt sie meinetwegen Superfoods, Powerfoods oder was weiß ich. Ich nenne sie „Magic-Foods". Diese kleinen Powerbeeren in Form von Goji- oder Himbeeren, Blaubeeren, Maulbeeren, Cranberries und wie sie alle heißen, die die Kraft der Natur in sich tragen und ich danke *denen da oben* jeden Tag für dieses unglaubliche Geschenk. Klinge ich zu euphorisch, zu abgehoben, zu kitschig? Mir egal! Ich sagte ja, ich bin eine Drama-Queen. In jeder Hinsicht. Und eine gute Prise Dramatik darf auch hier mit einfließen - ins Essen. :-)

Ich liebe Kräuter wie Thymian, Zitronenmelisse, Basilikum oder Petersilie. Ich liebe es wie der einzigartige, nussige Duft der Karotte mein Näschen umgarnt, wenn ich sie schneide. Ich liebe es, wenn ich in einen frischen Apfel beiße, der so süß und saftig schmeckt, dass sämtliche Geschmacksknospen in meinem Mund vor Glückseligkeit eine Party feiern. Ich liebe Gerichte, die so farbenfroh und bunt sind wie ein Regenbogen.

Aller Anfang...

...soll ja bekanntlich schwer sein. Nun mit dieser Einstellung kommt man nicht wirklich sehr weit. Zumindest ist das meine Meinung. Es geht hier nicht um radikales Umkrempeln, sondern um ein sanftes mit sich selbst umgehen. Ich kenne dieses Problem selbst. Da lerne ich etwas Neues und will es gleich in mein Leben integrieren. Am besten jetzt und sofort und das auch noch zu 100%. Mein Rat: Tut euch das nicht an! Beginnt langsam. Gebt euch Zeit. Vergesst dabei nicht zu atmen und auch mal in die Stille hinein zu horchen. Gebt euch den Raum, den ihr benötigt, um eure Weiterentwicklung zu fördern. Erweitert euren Horizont Stück für Stück. Versucht ihr den Vorgang zwanghaft zu beschleunigen, provoziert ihr nur Stagnation und Unmut. Es geht hier um Loslassen und um tiefes Vertrauen. Vertrauen zu euch selbst. Ich nenne es *Urvertrauen*!

Richtig essen!

Wer richtig isst fördert die Entwicklung eines erweiterten Bewusstseins. Es wird sich eine Menge tun. Schon nach einigen Wochen schärfen sich die Sinne und längst vergessene Gefühle treten an die Oberfläche.
Richtig essen, was bedeutet das eigentlich? - Richtig, falsch, alles relativ!
Wandeln wir die Überschrift doch einfach mal um. „Zu euren Gunsten essen" klingt doch schon viel freundlicher, nicht? Dieses Buch ist nur ein Guide, ein Wegweiser oder eine Art Kompass, der euch die Richtung aufzeigt. Letztendlich jedoch muss jeder für sich selbst herausfinden, was ihm gut tut. Ich glaube nicht an eine Pauschale, die für alle Menschen gilt. Schließlich sind wir keine Roboter. Wir sind Individuen. Auch, wenn wir letztendlich alle miteinander verbunden und ein Ganzes sind, so bestehen wir doch aus unterschiedlichen Schwingungen. *Findet den Schlüssel, der euren Motor zum Laufen bringt*. Jeder Schlüssel ist anders - einzigartig - so wie wir. Heute bin ich, sagen wir mal, zu 80% Veganer und zu 20% Vegetarier. Dabei besteht meine Ernährung zu ungefähr 40% aus Rohkost (Gemüse, Früchte, Nüsse, Beeren. ...).
Ich empfehle die Öl-Eiweiß-Kost nach Dr. Johanna Budwig. Sie besteht aus viel rohem oder gedünstetem Gemüse, Früchten der Saison, Linsen, Quinoa und Co. Dazu soll man täglich zwei bis vier Esslöffel Quark mit einem Esslöffel Leinöl vermischen und zu sich nehmen. Das reguliere den Sauerstoffgehalt in den Zellen und verhindere Krebs. Morgens zum Frühstück nehme ich gerne eine Portion Superfoods zu mir. Darunter befinden sich vor allem Cranberries, Goji Beeren, Kakaonibs und Chiasamen. Von jedem ein Esslöffel. In meinen morgendlichen Smoothie kommen Moringablätter und Hanfprotein hinein.

Meine liebsten Superfoods

GRÜNKOHL
Grünkohl ist unglaublich gesund, hat etliche Vitamine und stärkt die Abwehr. Er ist reich an Antioxidantien, enthält Vitamin A, Vitamin C, Vitamin K, Folsäure, Calcium, Kalium, Magnesium und Eisen. Am besten verzehrt man ihn roh, damit auch alle Inhaltsstoffe erhalten bleiben. Deshalb kommt dieser jeden Morgen in meinen Smoothie, zusammen mit Salat, Mangos, Datteln und Kokosnussmilch. Mmmhh... lecker!

HANFSAMEN
Das müsst ihr probieren!!! Nussig, weich, kernig und süß, aber auch ein klitzekleines bisschen herb auf der Zunge und die Geschmacksknospen feiern eine Party. Außerdem gehören Hanfsamen zu den Superfoods und liefern wichtige Fette wie Omega-3-Fettsäuren und Gamma-Linolensäure. Sie sollen Entzündungen bekämpfen und somit das Immunsystem erheblich stärken.

LEINSAMENÖL
Leinsamenöl. Ein Hochgenuss und äußerst wohlschmeckend für Gourmet-Liebhaber. Leinöl enthält tatsächlich und wahrhaftig mehr Omega-3-Fettsäuren als Fisch. Kaum zu glauben, aber wahr! Ich finde seinen nussig-herben Geschmack einfach göttlich und meistens ist er Bestandteil von diversen Salat-Dressings, die ich kreiere. Zudem esse ich jeden

Morgen eine sogenannte Öl-Eiweiss-Speise nach Budwig (Dr. Johanna Budwig) welche hauptsächlich aus Öl und Quark besteht. Manchmal mische ich einen Löffel Honig unter oder ein paar Früchte. Madame Budwig stellte die Behauptung auf, die Zellatmung würde sich über die Öl-Eiweiß Diät erheblich verbessern und dies solle Krebs vorbeugen und sogar heilen. Ich selbst glaube daran. Mehr dazu unter: www.dr-johanna-budwig.de

GOJI BEEREN
Goji Beeren gehören zu den absoluten Superfoods. Sie enthalten eine Mega-Portion an Vitamin A und sorgen für eine effektive Verdauung. Außerdem besitzen sie mehr Eisen als Spinat und das mag was heißen. Sie werden eingesetzt bei chronischen Entzündungsprozessen wie Asthma, Allergien und Krebs und das mit Erfolg.

MAULBEEREN
Ich sage da nur: Oh mein Gott! So süß, lecker und in getrockneter Form auch knusprig. Statt der gängigen Cerealien können auch getrocknete Maulbeeren als Müsli fungieren und sehen einem Crunchy-Müsli zum Verwechseln ähnlich. Zudem liefern sie die Vitamine A, C, E, K und viele B-Vitamine. Auch enthalten sie Kalzium, Mangan und Magnesium. Somit sind sie ein Kraftpaket an Nährstoffen und haben einen erheblichen Einfluss auf das Immunsystem.

Natur und Tiere

Es ist seltsam, was aus uns geworden ist. Ich glaube an eine Zeit in der wir in uns hineingehorcht haben. Still gelauscht haben, um den Puls der Erde zu vernehmen. Eine Zeit in der wir mit der Natur atmeten und fühlten, einen Baum berührten und uns seiner Kraft erfreuten. Wenn Tiere erlegt wurden, dann nur, weil es sein musste. Wir bedankten uns bei dem Tier, bevor wir es aßen. Eine schöne Welt, die jedoch längst in Vergessenheit geraten ist. Heute müssen wir lernen, was wir früher längst wussten. Wir tüfteln, untersuchen und forschen. Alles wird inspiziert und unter das Mikroskop gelegt, in seine Einzelteile zerlegt, zerstückelt. Immer mehr, immer heftiger und brutaler. Die Gier hat überhand genommen. Die Gier nach Wissen, Macht und Geld. Immer mehr, immer schneller, immer skrupelloser. Es wäre unsere Aufgabe gewesen diese wunderschöne Erde zu schützen, da wir hier nur zu Gast sind. Unser Zuhause wird als selbstverständlich angesehen. Das Leid der anderen Mitbewohner ist nicht länger unser Problem, denn wir haben unsere eigenen kreiert. Das Herz darf nicht mehr sprechen. Stattdessen hat die Stimme des Egos alle anderen zum Verstummen gebracht und lenkt uns nun. Wir sind zu willenlosen Geschöpfen geworden, die längst nicht mehr selbst am Steuer sitzen. Autopilot ist doch viel angenehmer. Ich will hier nicht von Schuld sprechen, aber von Verantwortung. Das Resultat geht einher mit dem Verlust der Verantwortung. Wir haben nicht acht gegeben. Wir haben abgegeben, aufgegeben... uns selbst! Achtlosigkeit, Ignoranz und Hass ist das tragische Ergebnis. Wir Menschen behaupten immer, wir seien die höchste Intelligenz auf der Erde. - Wirklich? Tatsächlich? - Woher nehmen wir das Recht solch eine Behauptung aufzustellen. Aus was für einer Arroganz heraus ist diese Idee geboren worden? Sind wir nicht diejenigen, die zerstören und stehlen? Die Kriege führen und Rassenhass ausüben? Wir deklarieren Teile der Erde als unser Eigentum sobald die Schlacht gewonnen ist. Gierig wird alles in Beschlag genommen, was nicht niet- und nagelfest ist. Ängstlich sehen wir uns um, ob nicht der andere doch mehr hat als wir. Ziemlich primitiv würde ich meinen. Ich sehe in der Tierwelt nichts dergleichen. Sie alle leben friedlich miteinander. Sie achten und respektieren sich gegenseitig und sind unglaublich weise. Instinktiv wissen sie wann ein Waldbrand droht, wann es regnet und wie hart der nächste Winter wird. Tiere wissen ganz genau, was wann zu tun ist. Und sie hinterfragen es nicht, sie vertrauen, leben und atmen. Und zwar im Jetzt. Bedingungslos und ohne Sorgen. Diese weisen und wunderbaren Geschöpfe werden von uns Menschen in Gefangenschaft gehalten, um sie uns zunutze zu machen. Nutztiere, ganz klar! Sagt doch schon alles! Sie werden geschlagen, gequält und auf verachtende Weise niedergemetzelt. Auf engstem Raum müssen sie zwischen ihren Artgenossen hausen und unter schrecklichen Bedingungen werden sie gehalten.

Sie sterben in Furcht und Trauer. Ihr Fleisch wird zu Essen weiter verarbeitet und dieses Essen landet dann schließlich in den Mägen von Millionen von Menschen, die nichts hinterfragen. Und dann wundert man sich tatsächlich weshalb unsere heutige Gesellschaft so aggressiv, so wütend und voller Angst ist?
So wie das Tier gestorben ist, genauso leben wir weiter. In Angst und Schrecken. Das Urvertrauen ist gänzlich verschwunden. Wie können wir unserer Welt Schmerzen zufügen und glauben, dass wir sie nicht selbst zu spüren bekommen?
Lew Nikolajewitsch Tolstoi sagte einmal: „Solange es Schlachthöfe gibt, wird es auch immer Schlachtfelder geben." Er lebte von 1828-1910 und war ein russischer Erzähler und Romanautor.

Die Spezies MENSCH

Menschen lamentieren und jammern über Rücken- oder Gelenkschmerzen, Kopfschmerzen, Übergewicht und alle anderen möglichen Wehwehchen, die im Grunde einfach nur ein Aufschrei der Seele sind. In der Regel werden schmerzhafte Symptome jedweder Art mit Schmerzmitteln unterdrückt und die innere Weiterentwicklung bleibt dabei völlig auf der Strecke. Zeitgleich wird weiterhin im Supermarkt auf Fertiggerichte aus dem Kühlregal, viele Weizenprodukte, Chips, Süßigkeiten und Milchprodukte Wert gelegt. Und irgendwann - bei dem einen früher, bei dem anderen später - kracht das ganze Gerüst aus den Fugen und fällt mit viel Getöse in sich zusammen. Es treten Krankheiten wie Diabetes, MS oder Krebs auf. Letztendlich ist alles eine Frage der Zeit und gerade deshalb sollte man sich schnell entscheiden, welchen Weg man gehen will, denn das Ziel lässt meist nicht lange auf sich warten. So viele Menschen leiden mittlerweile an Laktose - oder Glutenunverträglichkeit. Und was kreiert die Industrie Tolles? Ich entdecke glutenfreie Salzsticks, Cräcker, Kekse und Brötchen. Alles schön und gut, aber dafür ist die Liste der Zutaten dieser Ausweichmöglichkeiten endlos lang. Manche der Inhaltsstoffe kann ich noch nicht mal aussprechen.

Die verbotene Frucht

Kostet von ihr und habt keine Angst, denn ihr werdet nicht sterben. Entscheidet euch für die saftigste und farbenfroheste aller Früchte, denn diese ist nur für euch bestimmt. Als Kind wolltet ihr sie pflücken, wisst ihr noch? Dies wurde jedoch nicht gestattet. Man nahm uns den freien Willen und zwang uns zu verzichten. Wir mussten uns mit weniger zufrieden geben und sahen uns schließlich einer viel blasseren Frucht gegenüber. Sie schmeckte fad und langweilig. Öde. Ganz so wie das Leben, das uns von nun an beschert war. Das halbe Leben verbringen wir damit, uns nach etwas zu sehnen, obwohl doch eigentlich alles da ist. Der Job, das Geld und das Haus. Wir wissen nicht was es ist, doch etwas verlangt nach unserer Aufmerksamkeit. Dieses Gefühl versuchen wir zu unterdrücken, wieder und wieder. Doch es will nicht abrücken und kommt in immer kleineren Abständen zu uns zurück. Wenn wir lernen diesem Gefühl nachzugeben und anfangen in uns hinein zu horchen, zu vertrauen, dann öffnet sich die Tür zu unserem Unterbewusstsein. Wir schließen die Augen und begegnen wieder dem Baum aus unserer Kindheit.

An diesem Baum sehen wir etwas aufleuchten. Wir erkennen schließlich was es ist. Die Frucht, sie ist noch da! Nach all dieser Zeit hängt sie noch dort oben. Sie hat auf dich gewartet! Denn sie ist bereits vor deiner Geburt längst für dich reserviert gewesen. Nun musst du sie nur noch pflücken, dich für sie entscheiden. Natürlich hast du Angst, nach allem, was man Dir gesagt hat. Du kannst sie auch weiterhin dort oben hängen lassen, dich ihrer Schönheit erfreuen und warten, bis sie eines Tages von ganz alleine herunterfällt. Doch deine Zeit wird bis dahin abgelaufen sein...

Versteh doch: Uns wurde jahrelang gepredigt nicht von ihr zu kosten, damit wir in Unkenntnis sterben. In unserer kleinen, beschränkten Welt sind wir leicht zu manipulieren und lenkbar wie leere Hüllen.

Lass dich verführen... Pflücke sie... koste von ihr!

Der Geschmack wird dir ein Lächeln auf das Gesicht zaubern und plötzlich wirst du wissen, wer du in Wahrheit bist und schon immer warst...

Richtig? Falsch?

Wer hat egentlich das Recht, uns zu sagen, dass wir richtig oder falsch sind? Niemand auf der Welt! Denn wir sind längst vollkommen. Wir müssen uns nur darüber bewusst werden.
Woher ich das weiß? Nun, wir sind so auf die Welt gekommen. Die Natur hat uns so erschaffen und bekanntlich macht sie keine Fehler. Weshalb also sollten wir uns so fühlen? Wie ein Fehler! Höchstens machen wir einen. Nämlich indem wir uns selbst anzweifeln und uns nicht genug Vertrauen schenken, so wie wir es verdient hätten. Liebe dich selbst, denn es gibt keinen Zweiten wie dich! Du bist einzigartig und so unglaublich... Du musst dir nur darüber bewusst werden.
Die Rolle deines Lebens, das bist du! In all deinen Facetten. Variabel und vielfältig. Lass dich nicht in irgendein Schema pressen. Sei frei! Frei das zu tun, was sich richtig anfühlt! Löse die Krawatte um deinen Hals, die sich als luftraubende Schlinge entpuppt hat. Menschen um uns herum versuchen sich ständig in unser Leben einzumischen, wollen uns gute Ratschläge geben, obwohl wir sie nicht darum gebeten haben.

Tu dies, lass das... Ich finde das nicht gut, wie du das machst...

Weshalb mischen sich andere eigentlich immer so gerne ein?
Das ist leicht zu erklären: Sie haben das Gefühl des Kontrollverlustes über ihr eigenes Leben. Deshalb müssen sie andere kontrollieren, um sich besser fühlen zu können. Unglücklicherweise lassen wir das auch noch zu. Man muss also bedenken: Umso mehr wir etwas auf die Meinung anderer geben, desto machtvoller werden sie, denn wir räumen ihnen freiwillig ein Mitspracherecht ein. Dadurch fühlen sie sich im Recht, was wiederum dazu führt, dass sie immer mehr bemängeln werden, um uns klein zu halten. Denn das fabelhafte Gefühl sich über uns zu erheben, verleiht ihnen ein Machtgefühl und wertet ihr eigenes, geringes Selbstwertgefühl auf. Unsere Aufgabe nun ist es, sie nicht reinzulassen! Blocken wir sie ganz bewusst ab, verlieren sie jene vermeintliche Macht über uns. - *Wie also abblocken?*

Die Kunst des Abblockens!

Wir schützen uns und vermeiden Manipulation von außen ganz einfach, indem wir zu unseren Aktionen und Taten stehen, ganz egal, ob sie den anderen skurril, seltsam oder fragwürdig vorkommen. Wir bleiben ganz bei uns und sind stolz auf das, was wir geleistet haben. Auch wenn andere nicht immer dahinter stehen werden, sie werden es respektieren, da wir die Ausstrahlung einer gestandenen Person haben.
Gesteht euch Narrenfreiheit zu, denn die macht euch stark. Die Bühne des Lebens bestimmt ihr. Im Schauspiel habe ich gelernt, man braucht keine Bühne, um sich als Schauspieler zu fühlen. Sondern man holt die Bühne zu sich und alle werden ganz automatisch mitspielen. Ihr bestimmt und niemand sonst! Entscheidungen werden erst dann toleriert - manchmal widerwillig bewundert und respektiert - wenn ihr zu 100% sicher seid, dass ihr zu Ihnen stehen könnt. Wieder einmal ist es wichtig, eine klare Entscheidung für sich und sein Leben zu treffen! Lass ich mich herumschubsen und versuche ich weiterhin allen zu gefallen? Oder setze ich alles auf eine Karte und riskiere, dass viele sich von mir abwenden? Ich kann euch sagen, dass viele bleiben werden. Sie werden euch widerwillens bewundern. Dafür, dass ihr zu euch selbst steht, ganz egal, was andere denken. Und jene, die euch verlassen, denen ist nicht nachzuweinen, denn sie waren es doch, deretwegen ihr euch so verrückt gemacht habt - umsonst! Sich selbst Liebe zu schenken ist die größte Aufgabe und die beinahe schwierigste für die meisten von uns - so erscheint es jedenfalls - doch auch das ist ein Trugschluss.
Wir sind es bloß gewohnt zu sagen: „Ich kann nicht! Das schaffe ich nicht!"
Kein Wunder, denn wie oft haben wir bereits zu hören bekommen: „Du kannst nicht! Das schaffst du nicht..!" So sind die meisten von uns aufgewachsen. Bevor wir uns frei entfalten konnten sind wir bereits eingezäunt worden. Uns wurden Grenzen gesetzt, die unsere Entwicklung in den Stillstand führten. Wie ein Virus wurden fremde Gedanken von außen in unser Programm eingeschleust und wir halten sie später für unsere Eigenen. Viel zu jung sind wir damals gewesen, um uns vorsorglich die notwendige Firewall zu errichten. Wir geben uns freiwillig der Manipulation hin, da sie von Menschen kommt, denen wir vertrauen und die wir lieben. Wir müssen uns darüber bewusst sein, dass jene Menschen es nur gut mit uns meinen. Wie sollen sie es denn besser wissen? Schließlich haben sie eine sehr ähnliche Erziehung genossen und sind selbst manipuliert worden. Die gute Nachricht ist: Heute dürfen wir uns selbst neu programmieren. Von der Frucht kosten, die uns so lange verwehrt worden ist.

Die verbotene Frucht wird zur Frucht der Erkenntnis!

Vorsicht vor Trunkenheit

Abschließend möchte ich sagen, es ist Vorsicht geboten, denn die vorherigen Kapitel könnten falsch verstanden werden. Nämlich insofern, dass man auf nichts und niemanden mehr hören muss. Denn schließlich wollen wir Manipulation von außen abblocken. Ja, das ist schon richtig. Doch wie bei so vielen Dingen ist es wichtig Balance zu halten. Schaut euch nur mal die Natur an - Sie ist im Gleichgewicht!
Ursprünglich waren wir es auch, doch seitdem wir uns ganz bewusst von der Natur separiert haben, ist unsere innere Entwicklung mehr und mehr auf der Strecke geblieben. Längst haben wir vergessen wer wir sind. Dadurch wurden unsere Urinstinkte in Mitleidenschaft gezogen - viele nennen es Bauchgefühl - und ich rufe dazu auf, dieses Bauchgefühl wieder wahrzunehmen. Ganz bewusst!
Was ich damit sagen möchte, ist, wenn ihr dieses Buch lest, dann bitte mit dem Herzen. Dann werden die Worte zu euch finden und sich in friedvoller Absicht in euer System einnisten, sofern ihr dafür offen seid.
Wenn ihr jedoch nur technisch vorgeht kann Folgendes passieren: Mehr als eure Seele wird euer Ego angesprochen. Und dieser Schuss geht nach hinten los! Das neu gewonnene Vertrauen in uns selbst kann trunken machen und wir Menschen neigen dazu, unser Ego bis ins Unermessliche wachsen zu lassen.
Ich spreche da aus Erfahrung, denn ich gelange immer wieder mal an diesen Punkt, wo man mich aufwecken muss. Gott sei Dank habe ich fantastische Menschen in meinem Leben, die mich liebevoll darauf aufmerksam machen. Ich denke über ihre Worte nach, die in den meisten Fällen sehr viel Sinn ergeben und ich horche in mein Herz, ob es die Schwingung meines Gegenübers aufnehmen mag. Wenn dem so ist, höre ich zu, nicht nur mit den Ohren, sondern auch mit dem Herzen... und dann treffe ich eine Entscheidung aus mir selbst heraus.
In diesem Buch geht es nicht darum, anderen die Stirn zu bieten, sondern es geht darum sich zu schützen und herauszufinden was uns wirklich gut tut. Hört auf euch selbst und ihr werdet wissen, wem ihr vertrauen könnt, wem ihr ein offenes Ohr schenkt und wem besser nicht.

Rezepte

Natürliches Essen trägt zu einem großen Teil dazu bei, dass wir mental und körperlich stabil sind. Auf meinen Vortrag über das Leben folgen deshalb nun viele leckere Rezepte, aufgeteilt in verschiedene Kategorien. Wenn wir uns wieder der Natur zuwenden und annehmen, was sie bereit ist uns zu geben, dann dürfen wir wieder nach Hause kommen. Unsere Schwingung verändert sich und wir finden Stück für Stück zu unserem natürlichen Gleichgewicht zurück. Es ist eine logische Schlussfolgerung, dass, wenn wir Nahrung zu uns nehmen, die rein industrieller Abstammung ist, wir uns mehr und mehr von dem entfremden, was einst für uns vorgesehen war. Wie bereits erwähnt: Die Natur (Gott) macht keine Fehler. Nur wir selbst... doch auch das können wir ändern. Erinnert euch an die verbotene Frucht. Vielleicht erscheint sie euch in Form eines rot leuchtenden Apfels. Verlockend und köstlich. Sie wartet auf euch.

Sie wird immer auf euch warten....bis ihr sie pflückt.
Und mit der Frucht der Erkenntnis kommt die Zeit des Erwachens.

Equipment

Bevor wir beginnen, ist noch wichtig zu erwähnen welches Equipment ihr für meine Rezepte braucht.

Da wäre zum Einen

DER VITAMIX

Ohne den geht gar nichts! :-)
(alternativ wäre da noch der Omniblend zu empfehlen. Dieser ist deutlich günstiger und liefert ebenfalls sehr gute Resultate.)

DER SPIRALSCHNEIDER VON LURCH

DER CUISINART

Natürlich könnt ihr auch eine herkömmliche Küchenmaschine für die folgenden Rezepte hernehmen. Es gibt diverse gute Küchenmaschinen, die man für weniger Geld erwerben kann. Den Multifunktionsroboter von Cuisinart habe ich damals geschenkt bekommen und ich bin mehr als glücklich damit.

Und noch etwas muss, bevor wir loslegen, erwähnt werden:
Alle meine Rezepte sind für 1-2 Personen.
Mein Büchlein spezialisiert sich auf Singles und Paare, die sich schnell, mithilfe der folgenden Rezepte, etwas zubereiten können und sich dadurch gleichzeitig gesund ernähren!

Hauptgerichte

Zutaten

300 g	Brokkoli
1	Paprika
200 g	Bohnen
2	Möhren
½	Mango
½ Bund	Lauchzwiebeln
150 g	Hirse
1 Stück	Ingwer (daumengroß)
1 EL	EL Kokosöl
200 ml	Kokosmilch
1 TL	Curry
1 EL	körnige Würze (Frugola®)
1 Hand voll	Pinienkerne

Knackiges Gemüse mit Hirse

Zubereitung

Hirse in einen Topf mit Wasser geben und ca. 8-10 Minuten köcheln lassen, danach quellen lassen. Auf einer Pfanne die Pinienkerne dunkelbraun braten. Beiseite stellen.

Die Lauchzwiebeln putzen und in kleine Ringe schneiden. Dann die Möhren in feine Streifen hobeln und die Mango in mundgerechte Stücke schneiden. Die Bohnen waschen, den Ingwer kleinhacken und die Brokkoliröschen vom Strunk entfernen. Paprika in schmale Streifen schneiden.

Einen EL Kokosöl in den Wok geben. Dann den Ingwer und die Zwiebeln darin braten. Nun die Möhren, die Bohnen und den Brokkoli zugeben und etwa zwei Minuten brutzeln lassen. Jetzt die Paprika und die Mango zugeben und untermischen.

Kokosmilch, Curry und körnige Würze zugeben und alles auf niedriger Flamme zwei Minuten köcheln lassen. Dann die Hirse untermischen.
Eine Portion auf einen Teller geben und das Ganze mit Petersilie und Pfefferminze garnieren.

Fruchtige Pizza mit Mango

Zubereitung

Für den Teig alle Zutaten gut miteinander verkneten.
Dann für eine halbe Stunde in den Kühlschrank stellen.
Den Ofen vorheizen (180 Grad).

Quark, Ziegenfrischkäse und Olivenöl mit einem Schneebesen cremig rühren.
Dann den Schnittlauch und die Zwiebeln unterheben. Nach Bedarf salzen.

Jetzt den Teig auf einem mit Backpapier ausgelegten Backblech ausrollen. Die Creme schön gleichmäßig darauf verstreichen.

Paprika und Mango waschen und würfeln. Die Lauchzwiebel waschen und in kleine Ringe schneiden. Champignons in Scheiben schneiden.

Den Pizza - Teig mit Paprika, Mango, Mozzarella, Champignons und Lauchzwiebeln belegen. Zum Schluss mit Ziegenkäse krönen.

Die Pizza auf unterster Schiene bei 250 Grad zehn Minuten lang backen. Voila!

Zutaten

Teig

200 g	Dinkelmehl
2 ½ EL	Olivenöl
1 Prise	Salz
6 EL	Sojamilch
½ TL	Backpulver

Creme

4 EL	Quark
3 EL	Ziegenfrischkäse mit Kräutern (von Chavroux)
1 EL	Olivenöl
1 EL	Schnittlauch (gefriergetrocknet)
1 EL	Zwiebeln (gefriergetrocknet)
1 Prise	Kräutersalz

Belag

½	Paprika (rot)
¼	Lauch
½	Mango
4	Champignons
1	Mozzarella
2	Scheiben Ziegenkäse
1	Basilikum

Zucchini Nudeln

Zubereitung

Karotten und Kohlrabi in kleine Stifte hobeln. Zucchini mit dem Spiralschneider in Nudeln verwandeln. Paprika in kleine Würfel schneiden.

Sojasoße, Agavendicksaft, Olivenöl und die zerkleinerten Zwiebeln in eine Pfanne oder einen Wok geben und erhitzen.

Maisstärke in 200 ml Wasser einrühren und mit der Soße in der Pfanne verrühren bis sie bindet und schön sämig wird.

Abschmecken.
Falls es zu salzig sein sollte, mehr Wasser zugeben.

Jetzt das Gemüse in die Pfanne geben und mit der Soße vermischen. Ingwer Powder zugeben. Das Ganze etwa für 2 Minuten braten.

Zum Schluss auf einen Teller geben und mit frischen Mungbohnensprossen und Sesam / Sonnenblumenkernen garnieren.

Zutaten

1	Zucchini
2	Karotten
½	Kohlrabi
½	Paprika
1 Handvoll	Mungbohnensprossen
1 Handvoll	Sesam oder Sonnenblumenkerne

Die Soße

100 ml	Sojasoße
2-3 EL	Agavendicksaft
2 EL	Olivenöl
¼	Zwiebel
¼	Frühlingszwiebel
	Ingwer Powder
1 geh. EL	Maisstärke
200 ml	Wasser

Zutaten

½	Paprika rot
½	Karotte
¼	Lauchzwiebel
2 EL	Kokosöl
150 g	Dinkel-Spirelli
2	Orangen
1 Bündel	Basilikum

Fruchtige Gemüse-Nudelpfanne mit Orangen

Zubereitung

Möhren schälen und in dünne Scheiben schneiden. Zwiebeln in kleine Ringe schneiden. Eine Orange dick schälen, dass auch die weiße Haut entfernt wird und in Filets schneiden. Die zweite Orange entsaften.

Nudeln in kochendem Wasser bissfest garen, dann abgießen. In der Zwischenzeit 2 EL Kokosöl in eine Pfanne geben und erhitzen. Die Zwiebelringe darin leicht anbraten.

Mit dem Saft von einer Orange ablöschen. Möhren und Paprika dazugeben und ca. 8 Minuten weich dünsten.

Orangenfilets zu den Möhren geben. Pasta untermischen und alles mit Salz und Pfeffer abschmecken.

Zu guter Letzt mit Orangen Streifen und Basilikum garnieren.
Fertig :-)

Snacks

Zutaten

6	große Champignons		2 EL	Sojasoße
1	Paprika (gelb)		2 EL	Olivenöl
1	Paprika (rot)		1 EL	Kokosöl
½	Zwiebel		1 Bund	Petersilie

Optional: 100 g Feta-Käse oder Mozarella

Gefüllte Riesenchampignons

Zubereitung

Ofen vorheizen (160 Grad).

Champignons putzen und den Strunk entfernen. In eine große Auflaufform geben und mit etwas Olivenöl beträufeln. Form beiseite stellen.

Zwiebel schälen, halbieren und fein würfeln. Kokosöl in eine Pfanne geben und darin die Zwiebelwürfel anschwitzen. Paprika waschen, würfeln und dazu geben. Sojasoße zugeben. Das Ganze auf kleiner Stufe etwa 2 Minuten brutzeln. Zuletzt die kleingeschnittene Petersilie unterheben.

Die Pilze mit dem Pfanneninhalt füllen. Wenn gewünscht, Feta darüber streuen oder jeden Pilz mit einer Scheibe Mozzarella abdecken.

Nun ab damit in den Ofen und bei 180 Grad etwa 20 Minuten backen lassen. Ready!

Champignons mediterran

Zubereitung

Öl in der Pfanne erhitzen. Zwiebel klein hacken und Lauchzwiebel in kleine Ringe schneiden. Beides in der Pfanne anbraten.

Champignons vierteln und dazu geben. Kokosmilch und Sojasoße darüber träufeln. Zum Schluss die Petersilie unterheben.

Jetzt den Deckel aufsetzen und alle Zutaten 3 Minuten kurz brutzeln lassen. Fertig! :-)

Zutaten

250 g Champignons	1 kleine Zwiebel
2 EL Kokosöl	2 EL Petersilie
1 EL Kokosmilch	2 EL Lauchzwiebeln
2 EL Sojasoße	

Leckerer Kräuter-Dip

Zutaten

6 EL	Schaf - Joghurt
2 EL	Schaf - Frischkäse (Chavroux)
1 EL	Leinöl
1 EL	frische Kresse
2 TL	Schnittlauch
	Kräutersalz

Zubereitung

Schafjoghurt, Frischkäse und Leinöl mit Hilfe eines Schneebesens miteinander vermischen.

Den Schnittlauch und die Kresse fein hacken. Dann vorsichtig unterheben. Mit Salz abschmecken. Fertig!

Cremiger Koriander-Dip
(hoher Rohkostanteil)

Zutaten

1 Bündel	Koriander
½	Mango
1 EL	Quark
1 EL	Leinöl
2 EL	Kokosmilch
1 EL	Schnittlauch
1 Zweig	Rosmarin
	Salz

Zubereitung

Alle Zutaten -ausser Salz- in den Vitamix geben und gut durchmixen.

Sobald eine cremige Konsistenz erreicht worden ist nach Belieben salzen. Fertig! :-)

Zutaten

½ gelbe Zucchini	1 EL Leinsamenöl
½ Mango	Salz
2 Datteln	Petersilie
2 EL Kokosmilch	Rosmarin
2 EL Quark	Thymian

Mango-Zucchini Dip
(hoher Rohkostanteil)

Zubereitung

Alle Zutaten in den Vitamix geben und gut durchmixen bis eine cremige Konsistenz ensteht.

Zuletzt die Kräuter zugeben und mehrmals hintereinander und in kurzen Abständen pulsieren.

Zutaten

3 EL Joghurt	2 EL Kokosmilch
1 Möhre	1 EL Mangomark
2 Scheiben Ingwer	1 Prise Muskat
Salz	
1 EL Schnittlauch	

Möhren-Ingwer-Dip

Zubereitung

Möhre schälen und in Scheiben schneiden. Dann zum geschälten Ingwer in einen Topf mit 300 ml Wasser geben.

10 Minuten köcheln lassen, dann das Wasser abgießen und das Gemüse abkühlen lassen.

Möhre und Ingwer mit allen anderen Zutaten (ausser dem Schnittlauch) in den Mixer geben.

So lange mixen bis die gewünschte Textur erreicht ist.
Der Dip sollte schön sämig sein.

In eine Schüssel geben und den Schnittlauch unterheben.
Für eine Stunde zum Durchziehen in den Kühlschrank stellen.
Fertig!

Pikante Rosmarin-Brötchen

Zubereitung

Den Backofen auf 150 Grad vorheizen.
Das Mehl mit dem Backpulver und Salz in einer Schüssel vermischen.
Dann alle anderen Zutaten dazu geben und alles miteinander verkneten.

Anschließend aus dem Teig kleine Kugeln formen und auf das Backpapier geben.

Die Brötchen bei 180 Grad ca. 15 - 20 Minuten backen.

Hierzu passen hervoragend die Dips von den vorhergehenden Seiten! :-)

Zutaten

200 g	Dinkel-Mehl		½ TL	Kräutersalz
½ TL	Rosmarin – Pulver		2 EL	Joghurt
2 TL	Schnittlauch		1 EL	Olivenöl
½ TL	Backpulver		2 EL	Sojamilch
1 Prise	Salz		4 EL	Wasser

50

Süßes

Beeren-Power mit Cereals

Zubereitung

Einen Teil der Beeren und die kompletten Maulbeeren (bzw. Cerealien) für die Garnitur beiseite stellen.
Die restlichen Beeren mit Kokosmilch, Sojamilch, Ziegenjoghurt und dem Agavendicksaft in den Vitamix geben und alles mixen.

Ein Glas bis zu ¾ mit der Beerensoße füllen. Cerealien oder Maulbeeren darüber streuen und das Ganze mit Beeren garnieren.

Zutaten

4 EL	Kokosmilch	
6 EL	Sojamilch	
4 EL	Ziegenjoghurt	
1 Handvoll	Brombeeren	
1 Handvoll	Himbeeren	
1 Handvoll	Blaubeeren	
1 Handvoll	Beeren für die Garnitur	
1 Handvoll	Cerealien oder Maulbeeren	
2-3 EL	Agavendicksaft	

Meine Beeren-Power Lovebites

Zubereitung

Alle Zutaten (außer Kokosstreusel) in den Cuisinart geben und mit der großen Schneideklinge so lange durchschreddern, bis eine klebrige Masse entsteht.

Daraus dann kleine Bällchen formen und mit Kokosstreuseln panieren.
Fertig ist die Nervennahrung :-)

Zutaten

100 g Maulbeeren	1 Karotte
6 Datteln (Soft - Dates)	2 EL Kichererbsen (gekocht oder aus der Dose)
1 TL Vanille	
3 EL Cranberries	3 EL Kokosstreusel

Mango Smoothie mit Orangen

Zubereitung

Mango schälen, entkernen und würfeln. Orange schälen und würfeln. Mit den anderen Zutaten in den Vitamix geben. Durchmixen. Fertig!
Total easy, aber verdammt lecker! Hmm... :-)

Zutaten

1	Mango
2 EL	Agavendicksaft
300 ml	Soja-Reismilch
50 ml	Kokosmilch
½	Orange

Zutaten

2	Äpfel		1 Pck.	Backpulver (Weinstein)
3	Eier		250 g	Mehl
200 g	Kokosblütenzucker		1 Prise	Zimt
150 ml	Kokosöl		1 Prise	Vanillepulver
75 ml	Sojamilch		1 Prise	Kokosblütenzucker

Kendra's Little Apple Pie

Zubereitung

Eier mit Kokosblütenzucker schaumig rühren.
Als Nächstes Kokosöl und Sojamilch hinzugeben.

Nun Mehl mit Backpulver vermischen und dann unterrühren.

2 Äpfel schälen, entkernen und blättrig aufschneiden.

Runde Kuchenform (18 cm durchmesser) mit dem Teig füllen. Dann darauf die Apfelscheiben drapieren.

Zum Schluss Zimt, Vanillepulver und etwas Kokosblütenzucker drüberstreuen.

Im vorgeheizten Backofen (180°) ca. 45 Minuten backen.

Yummy!

Salate

Frischer Feigen-Schafskäse Salat

Zubereitung

Feigen waschen und achteln. Schön in einer Schale oder in einem Förmchen drapieren. Den Feta darüber bröseln. Koriander, Petersilie und Schnittlauch fein hacken und darüber streuen.

Apfelessig mit Orangensaft, Ziegenjoghurt, Sojasoße, Sojamilch und flüssigem Honig verrühren. Leinöl unterrühren. Das Dressing mit Salz und Pfeffer abschmecken.

Nun das Dressing über die anderen Zutaten geben. Zum Schluss mit den Rosmarinzweigen garnieren.

Zutaten

5	Feigen
150 g	Feta (Schaf)
1 Handvoll	Koriander
2 EL	Petersilie
1 EL	Schnittlauch
1-2 Zweige	Rosmarin

Dressing

1 EL	Leinsamenöl
2 EL	Apfelessig
2 EL	Ziegenjoghurt
3 EL	Orangensaft
3 EL	Sojamilch
1 EL	flüssiger Honig
2 EL	Sojasoße
	Salz und Pfeffer

Hirse Gemüse Salat mit fruchtiger Note

Zubereitung

Olivenöl in eine Pfanne geben, das Gemüse waschen und klein schneiden. Dann alles kurz anbraten und gleich darauf beiseite stellen.

Hirse in den Reiskocher geben und dazu die doppelte Menge Wasser. Deckel drauf und Reiskocher anschalten.

Während der Reiskocher seine Arbeit verrichtet, kümmern wir uns um die Soße. Man nehme einen Messbecher und vermische darin alle Zutaten miteinander.

Wenn die Hirse fertig ist, zusammen mit dem Gemüse in einer großen Schale vermischen. Dann die Soße darüber geben und nochmals gut durchmischen.

Voila!

Zutaten

½	Paprika (rot)
½	Paprika (gelb)
½	Zucchini
1	Karotte
½	Porree
¼	Frühlingszwiebel
150 g	Hirse
1 EL	Olivenöl

Soße

1 EL	Olivenöl
1 EL	Leinsamenöl
2 EL	Apfelessig
2 EL	Ziegenjoghurt
2 EL	Mango-Apfelsaft
2 EL	Schnittlauch oder Kräuter
3 EL	Sojamilch
1 EL	Agavendicksaft
2 EL	Sojasoße
	Kräutersalz nach Belieben

Suppen

Pikantes Ingwer-Orangen Süppchen

Zubereitung

Paprika waschen, entkernen und klein schneiden. Karotte putzen, waschen und in grobe Stücke hacken. Orange schälen und würfeln.

Olivenöl in einen Topf geben. Alles zusammen mit der Dattel und dem kleingehackten Ingwer hineingeben und kurz anbraten.

Dann die körnige Würze untermischen und die Zutaten mit Wasser ablöschen. Auf niedriger Stufe etwa 10-15 Minuten köcheln lassen.

Danach beiseite stellen und etwa 30 Minuten abkühlen lassen.

Nun den Topfinhalt in den Vitamix geben. Die Kokosmilch, Sojamilch, den Quark und Orangensaft zugeben. Alles miteinander mixen (ca. 1-2 Minuten) bis eine cremige Suppe entstanden ist.

Ganz zum Schluss den Schnittlauch untermischen. - Lecker!

Zutaten

½	Paprika (rot)
½	Karotte
½	Orange
1 Stück	Ingwer (daumengroß)
1	Dattel
1 EL	körnige Würze (Frugola®)
50 ml	Orangensaft

1 EL	Olivenöl
250 ml	Wasser
150 ml	Kokosmilch
50 ml	Sojamilch
1 EL	Quark
1 EL	Schnittlauch (gefriergetrocknet)

Zutaten

½	Paprika (rot)		200 ml	Sojamilch
⅓	Butternut		2 EL	Quark
½ Liter	Wasser		1-2 EL	Kürbiskerne
1 geh. EL	körnige Würze (Frugola®)			Gartenkräuter zum Garnieren

Butternut-Kürbis Suppe mit Paprika

Zubereitung

Butternut-Kürbis und Paprika waschen und entkernen, dann in kleine Würfel schneiden.

Kürbis als auch Paprika und die körnige Würze mit ½ Liter Wasser auf mittlerer Stufe etwa 20 Minuten kochen.

Das Ganze abkühlen lassen (ca.30 Minuten). Dann in den Vitamix geben. Sojamilch und Quark zugeben.

Alle Zutaten 1-2 Minuten durchmixen bis die Suppe schön cremig geworden ist. Die Suppe in eine geeignete Schüssel geben und das Ganze mit Kürbiskernen und Gartenkräutern garnieren.

Schnell und einfach, aber *irre* lecker! :-)

Zucchini Creme-Suppe

Zubereitung

Zucchini waschen und grob in Würfel schneiden. Dann mit körniger Würze und 200 ml Wasser auf mittlerer Stufe etwa 15 Minuten kochen.

Abkühlen lassen (ca. 30 Minuten). Dann in den Vitamix geben. Sojamilch, Kokosmilch und Quark zugeben.

Alle Zutaten 1-2 Minuten durchmixen bis die Suppe schön cremig geworden ist. Die Suppe in eine Schüssel geben und mit Petersilie garnieren.

Zutaten

1 Zucchini	100 ml Sojamilch
200 ml Wasser	2 EL Quark
2 EL Kokosmilch	Petersilie zum Garnieren
1 geh. EL körnige Würze (Frugola®)	

Zutaten

1	Paprika	
¾	Zucchini (gelb)	
½	Kaki	
1	Karotte (groß)	
300 ml	Wasser	

100 ml	Kokosmilch
1 EL	körnige Würze (Frugola®)
2 EL	Quark
	Gartenkräuter zum Garnieren

Paprika-Möhren-Suppe mit Kaki

Zubereitung

Paprika waschen und entkernen, dann in kleine Würfel schneiden. Karotte und Zucchini grob in Stücke schneiden. Kaki halbieren und würfeln.

Alle Zutaten und die körnige Würze mit 300 ml Wasser auf mittlerer Stufe etwa 20 Minuten kochen.

Den Topf beiseite stellen und den Inhalt abkühlen lassen (ca.30 Minuten). Dann in den Vitamix geben. Kokosmilch und Quark zugeben.

Alle Zutaten 1-2 Minuten durchmixen bis die Suppe schön cremig geworden ist. Die Suppe in eine Schüssel geben und mit Kräutern garnieren.

Rezepte nach Themen

Zutaten

200 g	Mehl		1 TL	Backpulver
130 ml	Wasser/Sojamilch		½ TL	Salz
2 EL	Öl			Kürbiskerne

Halloween Finger

Wenn Halloween vor der Tür steht soll es natürlich schön gruselig werden.
Hier ein Rezept für die Halloween-Party. Die Fingerchen machen sich gut auf einem Silbertablett und zu Salsa-Dip.

Zubereitung

Sojamilch oder Wasser, Öl und Salz in eine Rührschüssel geben.
Das Backpulver unter das Mehl mischen und tassenweise mit der/dem Milch/Wasser vermengen. Dann den Teig in Form kneten.

Ausruhen muss der Teig nicht. Er genügt für ein Blech. Der Ofen sollte auf 180°C Umluft gut vorgeheizt werden.

Nun den Teig zu gruseligen Fingern formen. Das Ganze wird dann gekrönt mit dem Fingernagel. Hierfür nehmen wir natürlich einen Kürbiskern. Schöne, grüne Nägel wie bei einer Hexe.

Immer einen Kern in das jeweilige Stück Teig drücken und fertig ist der Grusel-Finger. Alle Finger auf das Blech legen und im Ofen ca. 10 Minuten backen lassen.

Halloween kann kommen - findet "Spider" auch...

Tipp
Das Rezept zu der Spinne findet ihr übrigens auf meinem Blog: www.shadesofgreen.de

Zutaten

150 g	Mehl	
1 Msp.	Backpulver	
50 g	Kokosblütenzucker oder Birkenzucker	

1 EL	Vanillepulver
1 Prise	Muskat
½ EL	Zimt
100 g	Kokosöl

Weihnachtsgebäck

Zubereitung

Mehl mit Backpulver in einer Rührschüssel mischen.

Übrige Zutaten hinzufügen (Kokosöl muss im Winter in einem Topf erwärmt werden, damit es flüssig wird) und alles zu einem Teig verarbeiten, anschließend zu einer Kugel formen.

Den Teig etwa ½ cm dick auf bemehlter Arbeitsfläche ausrollen und beliebige Motive ausstechen.
Dann auf das Backblech legen und backen (Ober-/Unterhitze: ca. 180°C).

Das Blech muss auf die mittlere Schiene. Die Backzeit beträgt etwa 12 Minuten. Lecker, Lecker! :-D

Zutaten

150 g	Kokosmehl
50 g	Sonnenblumenkerne (geschrotet)
100 g	Kakaopulver

1 EL	Vanillepulver
10 EL	Agavendicksaft
8 EL	Kokosöl

Silvester-Trüffel
(rohvegan)

Zubereitung

2 EL Kakaopulver abnehmen und mit den anderen Zuaten in den Cuisinart geben. Den restlichen Kakao auf einen Teller geben.
Die Masse im Cuisinart mit der großen Schneideklinge durchmixen, bis eine etwas festere und knetbare Masse entstanden ist.

Mit den Händen Kugeln formen und in Kakao wälzen.
Fertig sind die leckeren Pralinen.

TIPP
Richtig fest und köstlich werden die Trüffel-Bällchen, wenn man sie im Kühlschrank für ein paar Stunden einlagert.

Zutaten

75 g	Kokosöl
125 g	Mehl
1 geh. TL	Backpulver
1 EL	Kartoffelstärke
100 g	Ziegenfrischkäse

75 g	Rohrohrzucker
100 ml	Sojamilch
2 EL	Orangenschalen
2 EL	Kakao
2 EL	Kakaonibs
1 TL	Salz

Zauberhafte Schoko-Muffins

Zubereitung

Mehl in eine Schüssel geben. Die anderen Zutaten nach und nach zugeben und zu einem glatten Teig verrühren.

Ca. 3 Minuten auf höchster Stufe des Rührgerätes vermengen. Muffinform mit Papierförmchen auskleiden und den Teig in jedes Förmchen geben.

Muffins im vorgeheizten Backofen (180 Grad) auf mittlerer Schiene zwischen 20-30 Minuten backen (abhängig von der Größe der Muffins und dem Backofen). Aus dem Ofen holen und abkühlen lassen.

Fertig :-)